En el baño

Andrea Wayne von Königslöw

Ediciones Ekaré

Los baños
son para la gente.
Para la gente
grande y también
para los niños.

Los animales
nunca podrían usar
el baño porque...

El león pensaría
que está en el trono...

¡Aquí me quedo yo!

La gallina imaginaría
que es su nido...

Un pez creería
que está en el mar...

El elefante haría
un desastre...

El chivo se comería
todo el papel...

Las ovejas no
se pondrían
de acuerdo jamás...

El pulpo bajaría
la cadena 8 veces...

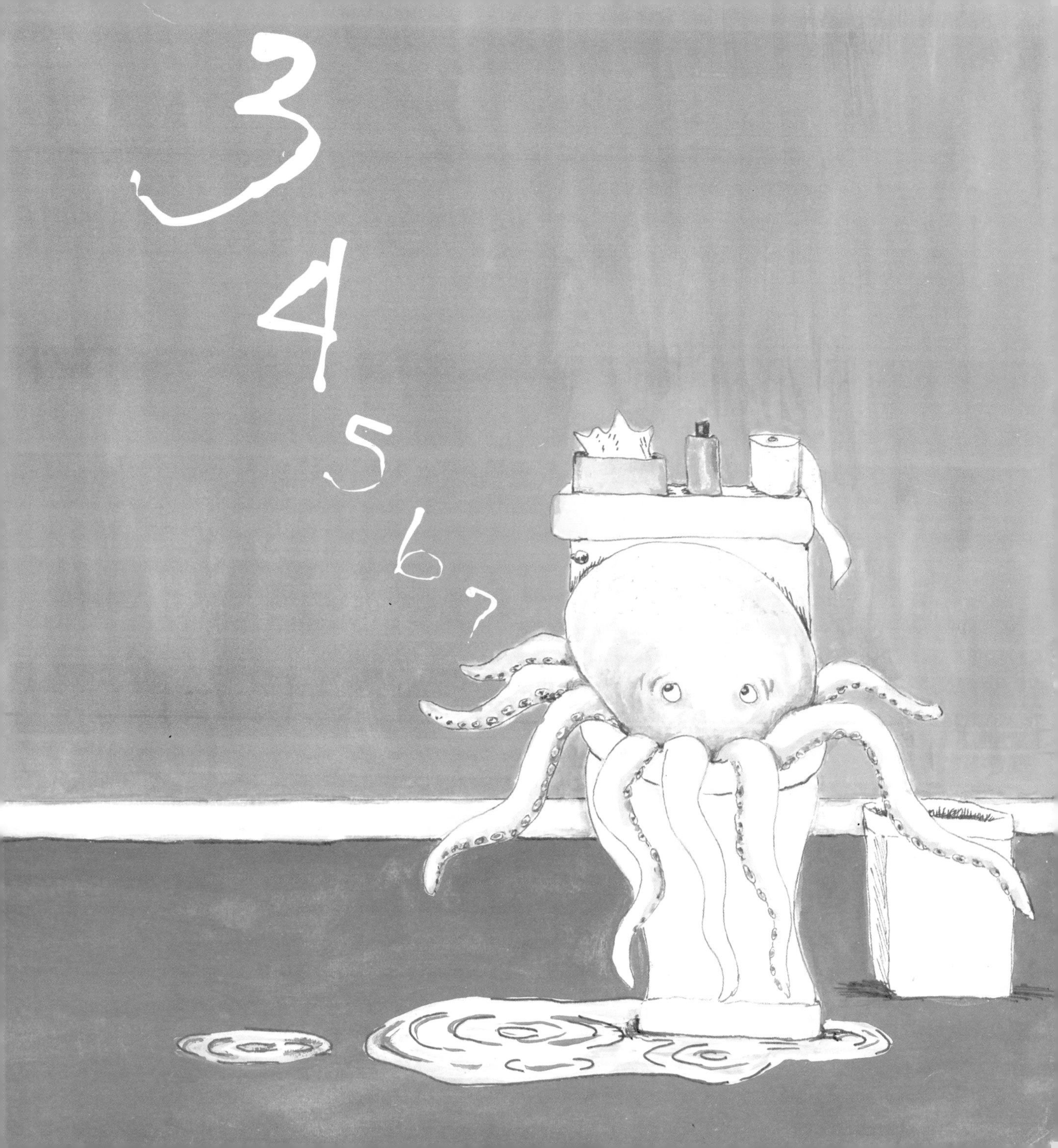
3
4
5
6
7

El puercoespín
se quedaría atascado...

¿Y el ratón?
¡Se caería adentro!

¿Ves? Los baños
son sólo para
los niños grandes
y las niñas grandes,
como tú.

EDICIONES
ekaré

Traducción: Clarisa de la Rosa

Cuarta edición, 2004

© 1985 Andrea Wayne von Königslöw
© 1998 Ediciones Ekaré

Edif. Banco del Libro, Av. Luis Roche, Altamira Sur,
Caracas 1062, Venezuela www.ekare.com

Publicado originalmente en inglés por Annick Press, Ltd., Canadá.
Título original: *Toilet Tales*

ISBN 980-257-208-X · HECHO EL DEPÓSITO DE LEY · Depósito Legal lf1511998800746
Impreso en Caracas por Editorial Exlibris